AF665943

Revoir Tübingen

Écritures

Collection fondée par Maguy Albet

Merlino (Benito), *Îles vagantes*, 2015.
Tanguy-Taddonio (Anne), *La Signature de l'âme*, 2015.
Maeght (Brigitte), *La Vie sauve*, 2015.
Cartier (Jean-Michel), *L'Irrésolution*, 2015.
Guérin (Richard), *Célia Borromini. La rouquine*, 2015.
Cheyron (Jean-Marcel), *La Nuit des étoiles rouges*, 2015.
Labbé (François), *Un château en Forêt-Noire*, 2015.
Labbé (Michelle), *Sam*, 2015.
Winling (François), *La Clef des portes closes*, 2015.
Delange (Joëlle), *Meurtres à Naples*, 2014.
Calvetti (Marc), *L'aube des abattoirs*, 2013.
Aichetou, *En attendant la lapidation*, 2013.
Van Ackere (Paul), *Cher Papa, Chère Maman*, 2013.
Labbé (François), *L'Imbécile heureux*, 2012.
Le Forestier (Louis), *La Vie, la Mort, l'Amour*, 2012.

*
**

Ces quinze derniers titres de la collection sont classés par ordre chronologique en commençant par le plus récent.
La liste complète des parutions, avec une courte présentation du contenu des ouvrages, peut être consultée sur le site www.harmattan.fr

Hubert Auque

Revoir Tübingen

Roman

L'Harmattan

Du même auteur

Romans

La Chambre de Paul, Genève, Pierre Philippe, 2015.

Trio pour violoncelle seul, Genève, Pierre Philippe, 2013.

Dans le regard d'Adrià, Paris, Noviny 44, 2012 (épuisé).

José (Joselito), Bernard Campiche éditeur (épuisé), Prix Georges Nicole 1991 (Suisse). Réédition, Paris, L'Harmattan, 2005.

Je vous écris de Salamanca, Paris, L'Harmattan, 2005.

Migrant permanent, Paris, L'Harmattan, coll. « Écritures », 2000.

Nouvelles

Je peux m'asseoir à côte de vous…, Paris, L'Harmattan, 2006.

Le Chant des syllabes, Paris, L'Harmattan, coll. « Écritures », 2001.

Théâtre

Médee de retour en Colchide, Paris, L'Harmattan, coll. « Théâtre des cinq continents », 2014.

Essais

Revenir à l'essentiel, Toulouse, Érès, 2016.

Rencontre à l'hôpital, Genève, Labor et Fides, 2001.

Je parle, un autre m'écoute, Genève, Labor et Fides, coll. « Entrée Libre », 2000.

Renoncer, Genève, Labor et Fides, coll. « Autres Temps », 1998.

© L'Harmattan, 2015
5-7, rue de l'Ecole-Polytechnique, 75005 Paris

http://www.harmattan.fr
diffusion.harmattan@wanadoo.fr

ISBN : 978-2-343-07560-0
EAN : 9782343075600

À Peter Härtling, avec reconnaissance pour tout ce que je lui dois.

Ses romans d'abord, puis ses lectures et conférences à l'Evangelische Stift et à l'Hölderlinturm ont ensoleillé mes deux années à Tübingen.

L'homme est un Dieu quand il rêve et un mendiant quand il réfléchit.

Friedrich Hölderlin

I

François

Vous dites : elle est totalitaire, elle gère le monde à sa façon, tout doit être soumis à son vouloir.

Cela, c'est ce que vous me dites au début, les premières fois où vous me parlez d'ELLE.

Les premières fois.

Moi, je marche à vos côtés sous les arbres de la Platanenallee entre les bras du Neckar. Nous sortons du Café im Hirsch : le Frühstück y est excellent. Nous passons devant la Stiftskirche. Peut-être n'avons-nous pas traversé la Marktplatz.

Je vous écoute.

Pour voir les marchands sur la place, il me faut être seul, errer parmi les étalages.

On est mercredi.

C'est le mercredi, toujours le mercredi que nous prenons notre petit déjeuner au Café im Hirsch. Le mercredi, il y a le marché sur la Marktplatz.

Nous descendons la Neckargasse jusqu'à l'Eberhardsbrücke, puis c'est la Platanenallee. Peu à peu en avançant, le bruit des voitures sur le pont s'estompe. Nous passons au niveau de l'Hölderlinturm : je ne vois rien, je vous écoute, vous, Frédéric.

Vous êtes comme moi à Tübingen pour une année. J'écris comme moi : j'ignore que je resterai à l'ombre des souvenirs de Hegel, de Hölderlin. Vous, vous repartez dans votre université d'origine : où déjà ? Aix, peut-être ou Montpellier : une ville de la moitié sud de la France. J'oublie. Vous me faites oublier parce que vous aimez vous perdre, jouer avec les noms des villes, les lieux : vous y passez, vous les quittez, vous y revenez en touriste, pèlerin de vous-même.

Vous dîtes souvent : je l'évite. Qui ? ELLE, bien sûr.

Vous ne parlez pas d'ELLE tout de suite. D'abord vous me parlez non pas de la femme, mais des femmes. Vous voulez me faire croire que vous connaissez les histoires d'amour.

Etrange, ce besoin de ne pas être en reste, d'avoir son histoire à dire, présent à offrir à la gloire de l'amour, enfin… de son masque ! Les vraies histoires d'amour ne se racontent pas, elles se crient ou se taisent.

Vous m'avez dit : c'est parce que vous parlez français que je vous dis cela ; je ne vous ennuie pas au moins ? Je n'ai répondu ni oui ni non. C'est souvent ainsi, je ne réponds pas. Vous avez continué, vos divorces, vos filles… Que de femmes ! Un jour, je ne sais pas ce qui me prend, ou me déprend : ça traverse mes lèvres, comme ça, incontrôlable… Je dis : mais la première femme ? Vous comprenez immédiatement, ne dites rien. Vous ne dites plus rien.

Ce jour-là, je peux regarder l'Hölderlinturm. D'habitude, en quittant la Plataneneallee, nous montons vers le château. Tübingen est à nos pieds. Là, vous vous taisez un moment, un temps suffisant pour un long respir, pour accueillir le vert de cette ville. Vous aimez vous asseoir sur un banc avant de traverser la cour du château. Mais ce jour-là vous me quittez : du travail, des copies à corriger… Vous savez que je sais qu'il n'en est rien.

Je fais un grand détour pour musarder sur la Marktplatz. Je me dis : je suis las de sa compagnie, je vais le lui signifier. Je ne comprends pas votre attachement, vos invitations. Vous prétextez nos statuts similaires à l'université ; en plus, un compatriote, dites-vous, avec une sorte d'exagération dans le ton. Je rectifie, je n'ai aucun rapport avec la France hormis mon passeport, et je viens de Genève qui jusqu'à preuve du contraire a bien su se différencier de sa voisine.

Vous ne savez rien de mes origines, rien de mes études dans ce collège des rives du Léman, de mon père diplomate, de ma mère morte dans ma petite enfance[1].

Vous parlez de vous ; enfin... vous croyez d'abord parler de vous. Vous ne posez pas de question, simplement parfois des demandes d'approbation. N'est-ce pas ? N'est-il pas vrai ? Au début, vous attendez une réponse, un oui qui ne vient jamais ; cela ne change rien, vous demandez encore, mais vous n'attendez plus pour continuer.

A l'université, cette semaine-là, je ne vous croise pas, mais c'est souvent ainsi, vous ne travaillez pas au même département. Mardi, nous nous rencontrons dans l'ascenseur : Ça va ? - Ça va ? Vous sortez, pressé. Vous lancez : A demain neuf heures au Café im Hirsch ! Vous êtes déjà éloigné, vous vous retournez : Comme d'habitude ! Si c'est encore pour me parler des femmes, non. Je ne dis rien, je souris.

J'entre au Café im Hirsch à huit heures. J'ai besoin de ce temps pour moi, avant votre arrivée. Je pense à vous, je pense à moi aussi, voyez-vous, à une femme, Sylviane, elle est restée à Genève.

Je lis quelques partitions : ce soir, je répète à l'orchestre de l'Evangelische Stift. Je souhaite un instant que vous renonciez à notre rendez-vous.

Votre carrure est dans l'encadrement de la porte, vous regardez, cherchez un peu comme ces gens qui entrent avec l'idée qu'ils sont les premiers à un rendez-vous, regardent sans voir, s'asseyent. Vous

---

[1] François fut également le principal protagoniste, avec Didier, dans le roman *Migrant permanent*, L'Harmattan, 2000.

vous asseyez. Vous êtes, vous aussi face à l'entrée, vous ne pouvez donc me voir. J'hésite, me lever, vous appeler, prendre le garçon pour messager… Je relis mes partitions. Vous avez dû vous retourner, vous m'avez dit plus tard qu'il y avait une belle femme assise à côté de moi : je ne l'ai pas vue.

Vous êtes là devant moi, votre visage au-dessus des partitions. Je suis surpris, presque ému. Dois-je vous dire que je vous ai trouvé différent ; dois-je convenir que j'étais différent envers vous… Vous portez un pull blanc, raz de cou, pas de chemise ; dessus, une veste grise et noire comme l'est votre épaisse chevelure, le sont vos yeux. Vous avez posé vos deux grandes mains sur la table ; vous vous êtes courbé face à moi. Calme, exceptionnellement calme. J'ai reçu votre regard et ce fut un instant de tendresse en moi. J'aurais voulu vous le signaler, je ne l'ai point fait. Qu'y avait-il dans ce regard pour me toucher ainsi ? Vous aviez cessé d'être cet homme de quarante ans, agité, faussement vieux. Vous avez un instant cessé d'être faussement…

Vous dites : Je suis là. Vous dites simplement : Je suis là. Vous le répétez : Je suis là. Vous montrez la table où vous n'êtes plus. Il y a une deuxième place libre à votre table. Je me lève.

Déjà cet apaisement n'est plus, vous vous agitez à nouveau, commandez pour moi un café… Vos bras brassent l'air comme les ailes des moulins à vent. Nous nous asseyons, vous parlez, parlez, parlez, et tel un refrain qui revient régulièrement, vous dites :

mais c'est bon de parler français..., mais c'est bon de parler français ! Vous me demandez si je parle castillan ; je réponds que je parle espagnol. Vous entrez dans une grande explication qui vise à m'apprendre pourquoi il faut dire castillan et non espagnol : à cause de l'Amérique latine, à cause des Catalans, des Basques, des... Je le sais, je l'avais oublié un instant. Vous répétez : Comme c'est bon de parler français ! Mais alors, on peut aussi parler castillan ? – Oui aussi, si vous voulez. Vous ne me demandez pas pourquoi et comment je parle castillan. Vous ignorez également que je suis là, en Allemagne et que je méconnais alors quasiment tout de la langue du pays, que je ne la comprends guère.

Depuis que je vous ai vu, dans votre regard, je me sens capable de vous aimer, je veux dire de vous accepter non pas tel que vous êtes, mais tel que vous désirez être.

Nous sortons... direction la Marktplatz. J'en suis sûr ce jour-là parce que vous ne parlez pas et que je peux regarder cette petite vieille toute ridée qui chaque jour de marché propose quelques fleurs ou quelques légumes de son jardin, là, sur la Marktplatz, à l'angle de la Hirschgasse et de la Kirchgasse : elle tend vers moi sa botte de carottes... Des yeux d'un bleu inoubliable : elle vient peut-être de l'Est... Mais non, pure Souabe sans doute !

La Kirchgasse, la Stiftskirche, la Neckargasse, vous ne dites toujours rien : je suis à vos côtés, vous n'êtes pas silencieux, vous vous taisez. Le ciel est gris, bas, il ne fait pas vraiment froid.

On est enfin sur la Platanenallee. Les feuilles jonchent le sol ; à travers les arbres dégarnis, on voit clairement l'Hölderlinturm, le Philologicum, l'Evangelische Stift. Vous me privez de ce silence que j'aimerais partager avec vous. Vous êtes fermé, tendu, prêt à l'orage. Je n'attends plus votre parole : les mots viendront pour la dire quand ils viendront… J'accompagne mes pas, nos pas, des notes que je devrais jouer ce soir ; j'en suis à trois mesures de la fin quand vous commencez. Nous nous asseyons.

Vous dites que je vous ai blessé l'autre jour, vous ajoutez : salutairement blessé. Je ne vous demande pas pourquoi cela. Je vous écoute. Repasse ce sentiment de tendresse que j'ai ressenti lorsque vous vous êtes penché vers moi au Café im Hirsch. Je ne le chasse pas, ni ne le retiens.

Vous dites que vous n'avez pas eu une mère, mais que d'abord vous en avez eu deux, que sans doute vous n'avez pas de suite compris qui était la plus importante. L'autre, *elle*, vous l'aimiez. Elle a dix ans de plus que vous ; elle est la fille, soumise aux mêmes règles que vous, mais résolue à être indocile. Elle ne quittera jamais ce rôle d'opposante et restera fidèle à cette mission qui consiste à reconnaître en le contestant le pouvoir totalitaire.

Totalitaire : c'est le terme que vous employez. Avoir des adversaires, n'est-ce point la condition pour justifier la répression, pour confirmer son besoin de domination. ELLE, elle croit sa puissance mesurable à la force de ses ennemis. ELLE les cherche, les établit dans cette place, ennemis. ELLE règne sur tout et sur chacun sauf sur *elle.*

D'abord ELLE régente la maison ; cet espace, son mari le lui laisse volontiers. Bientôt ELLE assujettira tous ceux qui y vivent : lui, le mari, *elle,* la fille, et vous. ELLE vous met tous en scène ; vous êtes les acteurs des passions qu'ELLE ne peut gérer. À vous, Frédéric, échoit le rôle de l'aimé ; à *elle,* la fille, celui de l'exécrable. Nous avons un traître dans la maison, criera-t-elle un jour en désignant sa fille à l'époque de ses vingt ans, quand celle-ci se croit obligée par quelques maladresses de confirmer le rôle qui lui est imparti.

Tout, tous, fonctionne selon sa volonté. Vous, vous êtes fragile, fragile des poumons, des bronches, de la gorge, de je ne sais quoi encore. Vous êtes un enfant fragile qui ne doit pas s'éloigner, qui a besoin de soin, d'attention. On vous interdit mille choses : vous ne pouvez pas ceci, cela, ne pas jouer ici, ne pas jouer à ça, ne pas aller là, ne pas sortir. ELLE vous garde à portée de sa main, de son corps.

Vous êtes son homme, vous êtes l'homme qu'ELLE n'est pas : ELLE vous aime pour ce qu'ELLE n'est pas, ELLE veut que vous soyez ce qu'ELLE n'a pas.

Le soir, ELLE vient près de votre lit, ELLE vous demande qui vous préférez. Vous savez que vous devez la nommer, ELLE, que c'est ce qu'ELLE vous demande : dire ce mot qui devrait la qualifier. ELLE veut que vous la nommiez par le nom de sa fonction. Vous répondez ce qu'ELLE veut mais vous pensez le contraire. C'est parce qu'ELLE vous oblige à ce choix que vous le remarquez lui, son mari, votre père. Vous voilà contraint à l'aimer en cachette, en catimini.

ELLE sait réprimer. ELLE réprime sa fille. Vous en souffrez : cela vous mortifie.

Vous apprenez d'ELLE que le désir de détruire existe et vous apprenez de sa fille que le désir de résister peut en naître.

ELLE s'impose, vous impose de l'aimer. Vous apprenez à feindre. Vous la bernez. Vous me dites que vous n'avez jamais réussi à lui révéler votre désamour ; même lorsque vous le lui avez crié, elle a refusé d'entendre, a nié, a dit que vous étiez fatigué : Tu as besoin de repos, mon garçon, tu dis n'importe quoi ! Encore aujourd'hui, ELLE nie. Vous me dites au bord des larmes : ELLE me nie.

Vous vous levez. Je reste assis.

Quel est mon sentiment, là, maintenant, écrivant ces quelques pages. Des mois, des années ont passé. Je ne sais plus où vous vivez, si vous vivez. Parfois quand je me promène sur la Platanenallee, il me semble que vous êtes là, à ma gauche. Vous marchiez toujours à ma gauche : vous en souvenez-vous Frédéric ?

Un homme de quarante ans parle à son cadet de l'oppression de sa mère : vous avez craché un trop plein de mère à quelqu'un qui n'a que peu connu la sienne. Vous ne l'avez jamais su Frédéric.

Vous vous êtes éloigné, vous n'avez pas voulu pleurer en ma présence. Je ne me suis pas levé. Je suis resté encore une heure, peut-être deux, traversé par ce que vous veniez de me livrer.

Je n'ai jamais pleuré sur l'absence de ma mère, j'ai pleuré sur sa mort : c'est différent.

J'ai eu une mère, elle est morte, j'ai été un enfant qui a connu sa mère, un temps ; un temps peut-être trop bref, je ne sais, mais il me reste l'essentiel. C'est moins son absence qui m'a gêné que sa mort brutale. Je suis habité par cette mort. Vous, vous êtes habité par l'absence de la mère que vous auriez souhaitée et par l'impossible rejet de celle qui vous envahit, les deux à la fois.

L'ai-je prévu, voulu, y ai-je réfléchi… Je ne travaille pas le mercredi… Je suis au Café im Hirsch à neuf heures. Vous êtes déjà là : vous me regardez approcher. Encore ce regard, ce regard qui me donne confiance en vous-même, qui me donne confiance en moi-même. Et ce flux de tendresse qu'il provoque en moi chaque fois que je le reçois !

Il a vaguement neigé : une fine pellicule blanche recouvre la ville. En venant, j'ai vu que sur la Marktplatz on a installé un abri de planches pour la fontaine. On ne savait pas alors que le gel redouté ne sévirait pas cet hiver, et, en sortant du Café im Hirsch, il ne subsiste rien de cette unique apparition de la neige.

D'abord, vous ne parlez pas de vous maintenant. Vous dites que c'est dur ce poids, le poids d'ELLE, de son amour obligé, de cet amour qu'ELLE clame pour masquer son contraire. Cette méprise d'amour rend faux à son tour votre amour pour vous, pour l'autre. Vous dites que vous n'avez jamais autant souhaité…, non, vous dites, désiré, la mort de quelqu'un, que la haine est sans limite, envahissante, la haine que l'on ne peut dire. Vous en arrivez à avoir de la haine pour vous-même. L'idée de votre mort est présente, de plus en plus présente. Vous dites : mais je ne veux pas la confirmer dans son besoin de malheur !

Vous parlez alors d'*elle*, sa fille. Quand votre haine devient trop forte, trop dure à supporter, vous parlez toujours de votre amour pour *elle*. *Elle*, la première femme aimée. Tout amour vous renvoie à cet amour. Vous dites qu'*elle* vous a sauvé.

Vous vous endormiez en pensant à elle, vous vous réveilliez en la cherchant : sa voix, son sourire, un papillon, un papillon plein de couleurs, c'est *elle* pour l'enfant Frédéric. Je pense à vos bras qui s'agitent toujours : peut-être faisait-elle de même au-dessus du berceau. Elle est très fière d'avoir un petit frère, en parle partout : au collège, chez les commerçants ; elle invite ses camarades à venir vous voir, mais très vite, on vous cache ; votre visage, votre corps est couvert d'eczéma, dit-on. Pour vous empêcher de gratter votre peau, on place vos bras dans des tubes en carton, on vous supprime la possibilité d'explorer votre corps, de faire sa connaissance. Votre lit n'a pas de barreaux, mais des parois pleines : vous ne pouvez voir qu'au-dessus. Il faut attendre, attendre qu'*elle* arrive. Parfois la bonne vous lance un euh, euh auquel vous répondez. Sortie de l'école, *elle* est là, veut vous ôter les tubes en carton : ELLE s'y oppose. C'est moi qui écris cela, je le rajoute dans votre histoire comme une ponctuation, une sorte de logique qui a place… pour moi !

Vous avez de l'eczéma contre ELLE : vous devenez intouchable. Cette distance mise avec ELLE vaut pour tous : pour vous dispenser d'ELLE, vous vous privez de tous les autres, d'*elle* d'abord. Puis un jour cela cesse, vous choisissez de lui résister autrement, vous ne voulez pas à cause d'ELLE perdre les autres.

Tout de même, cette force de décision de l'enfant, en l'absence de parole, on l'oublie trop souvent !

Vous devenez un très beau bébé : les photos en témoignent. Mais vous ne souriez pas… Déjà pourtant cette exceptionnelle expression du regard !

Vous l'avez vous-même remarqué. Vous dites : c'est frappant ! C'est cela, c'est frappant.

Vous avez seize mois, vous êtes en barboteuse, accroupi devant un sac ; vous venez d'en extraire un objet et vous le tendez vers l'opérateur : vos yeux sont gris, votre regard est noir.

Vous me parlez de la densité du regard : cet enfant avait un regard d'une intelligence surprenante ! Vous en parlez comme d'un autre. Je ne vous dis pas que ce regard perdure. La photo est un détail d'une scène de campagne – déjeuner sur l'herbe – ; lui, l'opérateur, est vite revenu s'asseoir sur la couverture avant le déclenchement automatique. Entre lui et vous : ELLE et *elle,* coiffées de la même manière : des boucles anglaises, la mode à l'époque sans doute. Ce sont deux belles femmes. ELLE est plutôt petite, *elle* plutôt grande. Des yeux de biche, dites-vous ; c'est ainsi que vous la voyez, *elle.* Un jour, quelques mois plus tard, vous m'apporterez cette photo : j'ai rarement vu femme aussi belle. ELLE, seulement jolie car crispée ; vous me le faites remarquer et dites que c'est ainsi ; cet air-là, c'est notable sur toutes les photos. La peur ! Quelle peur ? Lui, il regarde l'horizon, un sourire bon enfant sur les lèvres.

Chacun est là, présent pour ce qu'il est à devenir.

Je relis ce que je viens d'écrire et je réalise que dans ce portrait de famille, je ne connais que le prénom qui est le vôtre : Frédéric.

Où est le centre ?

Vous dites : cette femme ou bien ELLE, sa fille ou bien *elle,* son mari ou bien lui. Pourquoi ai-je si scrupuleusement respecté votre souhait de ne pas les nommer autrement…

Vous m'avez surtout parlé d'*elle* ce jour-là comme si vous l'évitiez, ELLE. Vous parlez de sa tendresse… mais c'est votre tendresse pour *elle* qui m'est dite et aussi votre attente : tout se passe en attente. Vous apprenez l'attente.

Vous marchez dans l'appartement. Vous avez marché seul le jour de votre premier anniversaire. Vous touchez des yeux toutes choses ; les couleurs vous fascinent. *Elle* porte souvent des jupes rouges et sent la fraîcheur du dehors ; vous aimez l'embrasser, coller votre joue à la sienne, serrer vos petits bras très fort jusqu'à ce qu'elle dise : tu m'étouffes ! Plus tard, en passant vos doigts délicats sur ses joues fermes, vous lui direz : jolie peau de pêche !

Vous vous voyez dans ses yeux : vous êtes surpris, où êtes-vous ? Tout chavire. N'a-t-*elle* pas dit : je te mange des yeux !- Vous êtes perdu, vous pleurez, *elle* ne comprend pas. ELLE arrive : que lui as-tu fait ? Rien, il s'est mis à pleurer tout à coup ! Une dent qui pousse peut-être ? Cette extraordinaire occultation, expliquer tout malaise par une défaillance physique ! Vos larmes vous protègent, vous n'y voyez plus rien, n'entendez que des voix. Allait-*elle* vous manger des yeux ? Vos larmes cessent, pas l'angoisse, et pourtant l'entourage est rassuré : il s'est arrêté aussi vite qu'il a commencé ! Reprise du refrain : ah ces dents ! On vous installe devant vos jouets. Vous essayez d'arracher les yeux de verre de Rik, votre nounours ; vos petits doigts y échouent, un bruit vous attire, vous posez vos mains sur le sol et comme tout bébé vous vous hissez fesses en premier : où donc est-*elle* ? Vous avez choisi un son rien que pour *elle* : aguigui-aguigui… Frédériiii, répond-*elle*. Oui, Elle est toujours là. Vous souriez : vite, vite, il faut retrouver *Peau de pêche*…

À me lire, vous allez objecter que vous ne m'avez pas raconté cette scène. Elle ne vous paraît pas pour autant étrangère…

A qui appartient cette scène ? À vous ? À moi ? À quel autre ? Elle n'a pas de propriétaire : elle est à tous.

Quelques jours plus tard, vous êtes dans le couloir, vous avez en main la laisse du chien de votre grand-mère. Vous n'aimez pas ce petit chien aux aboiements aigus, vous n'aimez pas cette grand-mère dont les dents tremblent quand elle vous embrasse en vous plongeant la tête dans la fourrure chatouillante de cette grosse bête, ce renard argenté qu'elle a autour du cou. Vous allez mettre la laisse dans la jarre où on pose les parapluies. Mais que fait là ce petit garçon qui lui aussi met une laisse dans une jarre juste à côté ? Vous prenez peur, vous pleurez, criez. On va encore dire que vous avez une dent qui pousse ; non, on ne vous entend pas. Seul le chien trouve quelque intérêt à vos larmes et entre en duo avec vous : à deux on peut mieux se faire entendre. Il a envie de partir, il n'aime pas qu'on ne l'aime pas. On finit par percevoir cris et aboiements. Avec excès, comme toujours, ELLE va fondre sur vous, vous soulever, vous mitrailler de questions dont ELLE seule pourrait détenir les réponses : il t'a mordu, il t'a fait peur, il t'a fait tomber ? ELLE exagère la situation pour contrarier sa mère qui vous enfonce votre figure, une nouvelle fois dans la fourrure et vous assourdit avec un baiser humide, trop près de votre oreille. Ouf, la voilà partie : Rik vous attend dans votre chambre ; heureusement il y a Rik !

Ça, je ne l'invente pas. Vous m'avez parlé ainsi de votre grand-mère, du renard argenté, de la laisse du chien, mais pas du miroir près de la jarre. Mais, essayez de vous souvenir : il y avait bien un miroir près de la potiche !

Cette grand-mère, vous la qualifiez de folklorique. Elle est morte depuis dix ans lorsque vous me parlez d'elle. Elle vous est totalement indifférente. Vous dites : j'ai été dispensé de grand-mère.

ELLE, n'aime pas sa mère ; *elle* aime sa grand-mère. La vieille dame ne s'occupe guère de votre existence : c'est la veille de votre première sortie dans la rue, hors de la maternité qu'elle daigne enfin venir faire votre connaissance. Elle ne comprend pas l'enthousiasme de sa petite fille à qui elle dit : maintenant il te faudra tout partager ! Sans doute, retrouve-t-elle dans votre naissance ce que fût pour elle celle de son frère cadet à San Sebastián, quarante ans plus tôt. Elle comble sa petite fille de cadeaux, vous oublie, vous ignore. Une exception : c'est elle qui vous offre votre première montre. Une montre : pourquoi ? Une autre fois, autoritaire, elle décide de vous amener chez sa couturière en tramway alors qu'elle n'utilise que les taxis pour se déplacer, mais à mi-chemin, elle vous fait descendre pour prendre celui allant en sens inverse, elle vous raccompagne ; disons plutôt qu'elle vous jette chez sa fille : je n'amène pas promener un enfant si mal gracieux ! Explication : un inconnu dans le tramway aurait dit certainement pour les oreilles de votre grand-mère : le mignon petit garçon ! Selon son code, vous deviez répondre à cette amabilité préfabriquée par un large sourire alors qu'au contraire vous avez détourné votre visage. Quand, quelques années plus tard, ELLE vous raconte cette scène, vous n'êtes pas surpris, vous pensez que cela vous ressemble, cette attitude. Vous ajoutez : c'est encore la même chose, je crois... Je m'en étonne d'abord : je ne vous dis pas cet étonnement. Je m'étonne pour moi.

Vous êtes peut-être différent des autres : cette réserve dont vous parlez... Qu'entendez-vous par réserve ?

Au fond, je ne vous connais pas. Je vous ai rencontré pour la première fois il y a deux mois.

Une pluie neigeuse tombe, nous traverse. La Platanenallee aujourd'hui est triste. Je vois nos silhouettes dans l'eau vert-brun du Neckar : une lumière inhabituelle, pesante nous entoure.

Vous me demandez si je connais San Sebastián ; c'est sur la Concha qu'elle est née, dans une de ces somptueuses maisons où l'Art nouveau s'exprime avec redondances.

Vous êtes allègre, presque enjoué en me parlant de votre grand-mère. Vous dites : on dirait une histoire inventée, vous précisez qu'on ne connaît pas exactement la réalité. Noblesse, grande ou petite noblesse ; vous avez entendu le titre de marquis, c'est sûrement faux, vous n'y croyez pas ; c'est sans doute pour accentuer les oppositions : fille de marquis espagnol et saltimbanque dans un cirque de villages. Son père est mort quand elle était enfant à la fin du XIXe siècle ; elle a un frère de six ans son cadet. Le père vieux, c'est de rigueur : l'homme se marie entre quarante et cinquante ans avec une jeune fille de vingt ans. C'est exact, il en fut ainsi, encore il y a quinze ou vingt ans : j'ai souvenance d'une amie en stage à l'Hôpital cantonal de Genève qui m'avait conté que sa sœur et elle, quand elles eurent vingt et vingt-deux ans, furent à plusieurs reprises invitées au restaurant par des hommes, bonnes relations de leurs parents : à la troisième invitation, elles comprirent qu'elles figuraient sur une liste de jeunes filles mariables. Ceci n'est pas si ancien ! Les veuves devenaient vite des douairières redoutables ; votre arrière-grand-mère n'a pas suivi ce modèle : elle a épousé en secondes noces son valet de chambre. La voilà bannie, ses deux fils aînés partent en Amérique latine, de honte, dit-on. Je ne comprends pas. Avec les deux jeunes enfants le couple passe la frontière, vit à Bayonne, pas tout de suite sans doute. Votre grand-mère est adolescente : elle va connaître son futur mari dans un village proche de Dax. Ils se marient, deux ans après une fille naît : ELLE, qui restera toujours unique. Le couple et le bébé partent pour Mont-de-Marsan ; l'homme est négociant : vous n'en savez pas plus. Ils divorcent quand l'enfant va avoir cinq ans. Votre grand-mère devient commerçante, vit seule avec sa fille et sa bonne. Elle aime dépenser, vivre largement. Un fou rire vous gagne. Vous dîtes que depuis peu vous savez comment cette grand-mère a trouvé un mari. L'été dernier il vous a plu d'aller dans ce village où ELLE naquit et où lui, votre père, est enterré depuis quelques années. Vous étiez devant sa tombe, un vieil homme passe, rat de cimetière, papote, vous questionne. Il a connu votre grand-mère : -Ah, Monsieur, elle était belle debout sur son petit cheval… Vous n'y comprenez rien. Vous apprenez que son beau-père n'était pas un valet de chambre mais un valet d'écuries. Italien, issu d'une famille de gens du voyage, il a monté un petit cirque de village. Ah, Monsieur, cette belle fille debout sur ce cheval blanc, votre grand père, il n'a pu résister ! Cette histoire vous amuse beaucoup. A ELLE vous la contez quelques jours après, quand vous passez la voir. ELLE ne nie pas, ne confirme pas non plus, dit que la couleur du cheval est peut-être inexacte ; qu'à tant faire, il faut carrément faire glisser l'écuyère dans les bras du futur mari ! ELLE dit que sa mère ne souhaitait pas parler de cette époque, qu'ELLE a respecté cela, mais qu'ELLE a cru comprendre qu'elle avait travaillé dans un cirque, effectivement. Vous dites en ouvrant vos bras vers la cime des platanes : je suis fier, très fier de ce mélange-là, je suis très fier de cette origine mixte. D'un ton plus grave, vous ajoutez : C'est à la troisième génération d'en rire ! Vous en riez sans restriction. Le merveilleux, dites-vous, c'est ce mélange d'aristocratie et d'air gouaille : cette élégance quand elle enfilait ses gants et puis, après, ce geste boulevardier pour rabattre le renard sur l'épaule…

Vous vous arrêtez, songeur : Ça n'est pas mon histoire, ça s'est terminé avec ELLE.

Tout de même, ce n'est peut-être pas votre histoire, mais elle marque votre corps. Vous êtes comme votre grand-mère : aristocrate et gavroche tout à la fois ; ELLE, vous lui rappelez, peut-être, sa mère ; ELLE, elle n'est qu'aristocrate, enfin, sous aristocrate, aristocrate métal argenté, dites-vous. ELLE nie les mélanges, organise tout pour le paraître.

Cette évocation de votre grand-mère vous rend moins étranger ; vous savez dispenser votre humour. On dit de vous à l'université : l'Austausch français, il est marrant !

Vous dîtes que cela vous laisse indifférent que votre grand-mère ait préféré votre sœur, qu'il y avait assez de femmes dans votre enfance : pas besoin d'une de plus !

Le grand-père landais, lui, vous ne l'avez jamais connu : mort un mois avant votre naissance. On ne vous en parlait pas. Si, pourtant, une fois cela vous revient : votre père est mort, ELLE est chez vous pour huit jours ; il faut qu'un autre qu'ELLE, puisque son mari n'est plus, sache. ELLE ne veut pas, ELLE seule, porter ce secret : un drame, enfin, pour ELLE : son drame. Vous l'écoutez. ELLE pleure, le masque se fendille. Son père est mort en prison : recel, histoire politique, les deux se mêlent, vous n'y comprenez rien. Cela vous amuse beaucoup. Tiens, alors c'était lui le cabochard de la famille ! Vous comprenez sa souffrance à ELLE, mais pour vous c'est du roman. En êtes-vous certain ? Ce secret dévoilé vous renvoie à votre phobie de la prison, phobie que vous avez, étudiant, caché derrière son contraire : vous êtes devenu visiteur. Il existe d'autres actions sociales : c'est celle-là que vous choisissez : visiteur de détenus.

Qu'a-t-il fait entre son mariage et sa mort, cet homme, votre grand père ? Aurait-il vécu en Afrique, sorte de rastaquouère ?

Je vous entends rire à nouveau ; je vois votre rire, libérateur, juvénile. Vous dîtes sans pouvoir être quitté par ce rire : ces deux, ensemble, c'était trop, il a fallu que ça pète !

ELLE, pendant ce temps, elle grandit, elle introjecte la loi, fera des études de Droit, valorise tout ce qui est étriqué, exempt du moindre risque.

Vous dîtes, vous criez presque : chez ELLE, on étouffe ; ELLE est le geôlier de sa prison !

Vous vous appuyez à la fontaine de la cour du château. Vous avez l'air accablé ; non, pas vraiment : vous comprenez, vous redoutez, vous redoutez de comprendre.

Sans doute a-t-ELLE enfermé dans sa prison tous ceux à qui ELLE tient. Tous ceux à qui ELLE tient à éviter la prison ! Il y a pour cette femme un risque permanent d'enfermement qu'elle conjure en voulant maîtriser, gérer tout espace.

Là, à vous voir courbé dans la vaste cour de ce château, j'ai pour la première fois envie de vous parler, de dire, de vous dire que vous redoutez de savoir ce qu'ELLE ne peut supporter d'entendre, que vous redoutez votre connaissance. Je pourrais dire : cette source qui vient de jaillir, vous ne pourrez plus l'arrêter, Frédéric, vous devez accepter de savoir, de savoir malgré ELLE, contre ELLE. Vous devez accepter qu'ELLE survive dans l'ignorance si ELLE continue à le vouloir ainsi. Vous devez devenir indifférent à son refus de liberté.

Dire, vous dire cela.

Je ne dis rien.

J'ai froid, je marche ; vous me rejoignez silencieux. Votre démarche nonchalante semble signifier : c'est tout pour aujourd'hui. Nous quittons l'enceinte du château. Peut-être la prochaine fois vous me parlerez d'*elle*. C'est cela, à ce moment-là j'ai pensé que mercredi, quand nous nous reverrons, vous me parlerez d'*elle*. Peut-être avais-je le souhait que vous me parliez d'*elle*.

Le rythme tacite est établi : le mercredi. C'est le mercredi : Mittwoch c'est le milieu ! Tantôt vous, tantôt moi, arrivons premier. Certaines fois nous prenons ensemble le Frühstück, mais souvent quand l'un arrive, l'autre a déjà fini, il reprend une tasse de café, simple accompagnement. L'hiver est exceptionnellement doux, je l'ai déjà dit, je me répète ; on ne cesse pas de l'entendre : cet hiver est exceptionnellement doux ! Vers 9 heures 30 nous sortons. Nous pourrions remonter la Kornhausstrasse puis la Marktgasse, arriver sur la Marktplatz, descendre après vers la Stiftkirche par la Kirchgasse, mais nous sortons à droite plus directement par la

Hirschgasse qui mène à l'angle de la Marktplatz ; après, c'est le même chemin : la Kirchgasse, la Stifskirche, la Neckargasse et l'Eberhardsbrücke. Si vous ne parlez pas, je peux regarder les chalands, les paysans souabes, les couleurs des tentes des marchands des quatre saisons, ces couleurs variables selon celles du ciel. Mais vos silences sont rares. Parlez-vous toujours autant ?

Frédéric, j'écris car vous êtes perdu, perdu pour moi. Vous avez quitté l'Allemagne inopinément peu avant la fin de l'année universitaire, vous alliez aux obsèques de votre sœur à Lausanne ; vous n'êtes pas repassé par Tübingen. Plus tard, un an plus tard vous m'avez envoyé une lettre, une lettre destinée à ELLE, vous avez cru bon que j'en sois l'unique lecteur ; vous avez oublié de mettre votre adresse. Vous êtes perdu, perdu pour moi. Cette histoire, votre histoire entre vous et ELLE, entre vous et *elle*, je l'écris. Qui lira ? Serai-je le seul lecteur qui saura, qui doit savoir que notre histoire n'est pas la mienne. Il faut que j'expédie votre histoire au large pour cesser d'en être enveloppé. Je ne veux plus que votre histoire devienne la mienne. Cette absence d'adresse : quel tourment !

Nous sommes fidèles au lieu, au jour, à l'heure : vous, pourquoi ? moi, pourquoi ? Nous arrivons en même temps, nous prenons le super Frühstüch que l'on sert pour deux : c'est une véritable petite fête ce Frühstüch au Café im Hirsch. Ce jour-là je ne déjeune pas à la Mensa proche du Philologicum. Moi, je vais presque exclusivement au Schlatterhaus, la Mensa végétarienne ; après je descends lire un peu à la cafeteria, c'est calme, confortable ; il y a toujours de la musique classique ; j'aime les cafeterias des restaurants universitaires allemands : on peut s'y sentir bien. Une fois, vous êtes passé, vous sembliez chercher quelqu'un. Vous cherchiez incomplètement. Vous ne m'avez pas vu ; j'aurais pu être ce quelqu'un que vous cherchiez, là, à la cafeteria du Schlatterhaus. Étais-je ce quelqu'un que vous cherchiez ? Mais ce n'était pas mercredi, nous n'étions pas au Café im Hirsch. Je lisais assis seul avec moi-même ; on diffusait la sonate Arpeggione de Schubert. Il a fallu que le printemps revienne pour qu'on se rencontre hors mercredi. C'était, vous ne l'avez pas oublié n'est-ce pas, dans la forêt de Bebenhaussen. J'allais souvent à cette époque, parfois en vélo depuis Waldhausen, parfois à pied en passant devant l'Abbaye de Bebenhaussen. Une fois, une seule fois, le trajet dura toute la journée : Tübingen, Bebenhaussen, traverser la forêt, arriver à Hagelloch et finir la marche à Wurmlingerkapelle. C'était un dimanche, il y avait déjà de nombreux promeneurs. Vous ai-je parlé de cette randonnée, je ne sais. Quelques semaines plus tard je vous rencontre au cœur même de la forêt. L'éclairage est superbe, la température clémente. Je suis allongé dans l'herbe, je me suis endormi ; je ne vous ai pas entendu venir. Vous me direz être resté longtemps proche, debout, ne sachant ni demeurer ni partir, puis vous vous êtes décidé : vous vous êtes assis. Vous me direz avoir attendu longtemps, une heure peut-être, que je m'éveille. Vous dîtes que vous auriez pu vous endormir vous aussi. Je n'ai pas voulu vous raconter mon rêve, je n'ai pas osé. Lorsque vous m'avez appris votre présence, j'ai pensé que je ne l'avais pas ignorée ; que mon rêve avait répondu à cette présence, à votre présence. Ma mère, ma mère morte quand j'avais six ans, sept ans, je n'ai jamais très bien su l'âge que j'avais ; je pourrais le savoir, qu'importe, c'est le temps précédent, son temps terrestre, qui m'est indispensable.

C'était un rêve sans action, sans thème central ; seule émanait une étrange douceur, des mots sans significations et pourtant si beaux, des mots-flûtes hors phrases, au-delà des phrases. Ils étaient le respir du grand royaume, la paix advenue, là où le verbe retrouve la nature. Seule la flûte semblait flotter sur une clairière comme celle où je m'étais endormi. Je ne distinguais aucune main, aucune bouche, mais seulement une forme vague qui lorsqu'elle devenait visible éloignait alors la musique. Je compris rapidement que je devais choisir : si je voulais savoir qui tenait cette flûte, il me fallait un instant être abandonné par l'indicible beauté musicale, rompre le charme, quitter le havre de paix qui m'était donné. J'aperçus une jeune femme : trente-cinq, quarante ans peut-être : c'était elle, j'en étais convaincu ; c'était elle, ma mère, qui me parlait à travers sa flûte, mais je devais renoncer à la vision passagère de son corps si je voulais retrouver l'effet permanent de la mélodie-mots. Je finis par accepter son évanescence. Sa forme devint de moins en moins précise, seule la flûte et cette chaleur…

Au réveil j'ai senti une présence proche de moi. J'ai d'abord cru que je ne parvenais pas à retrouver la réalité, qu'une part de mes sentiments étaient restés collés au rêve ; je m'attendais presque à entendre le son de la flûte et sans doute aurai-je souhaité retrouver l'atmosphère onirique que mon réveil venait de stopper. C'est en dirigeant mon regard vers l'arbre voisin que je vous ai aperçu adossé, là. Je dois, je vous dois de dire que j'ai été heureux de savoir que c'était vous, vous Frédéric, qui étiez là, présence inattendue. Vous n'avez pas parlé, vous avez souri. Nous avons dû rester longtemps dans ce silence. Là, ce jour-là vous m'êtes apparu différent, pouvant être porteur et récepteur de calme. Je ne sais qui de vous, qui de moi s'est levé le premier, ni celui qui a dit : on pourrait marcher ensemble ! Je sais que nous avons rejoint Tübingen en prenant l'autobus à Waldhausen ; nous nous sommes séparés devant le Kupferbau, vous étiez près de chez vous, Brunnenstrasse ; je suis rentré à pied jusqu'à la Neckarhalde. Jamais nous n'avons parlé de cette promenade, de cette clairière, jamais je n'ai osé alterner mon propos au votre : je me suis encore effacé. J'ai continué à ne rien dire sur ma mère. Pourrais-je moi aussi un jour…

ELLE n'a plus autant occupé votre espace verbal. Vous évoquez aussi vos autres femmes, comme vous dites, en égrainant une série de prénoms, ceux de vos épouses, vos amantes, vos filles. Vous lancez, bras ouverts : Et ici, je suis seul, superbement seul ! Vous dites vous surprendre vous-même dans votre absence d'intérêt pour les femmes. Vous n'allez pas jusqu'à dénigrer la femme allemande, vous vous dispensez de ce lieu commun cher à certains Français. Vous précisez qu'habituellement vous aimez les étudiantes. Ici elles restent des étudiantes. Vous savourez votre indépendance. Les femmes ne sont présentes que dans l'actualisation de vos souvenirs. Il y a Eva que vous épousez quand vous avez dix-neuf ans ; elle en a trente, c'est une amie de votre sœur. Il vous suffit de quelques mois pour savoir que vous avez fait erreur ; ce n'est pas elle, Eva, que vous désirez, c'est *elle*. Vous recouvrez cette question par un acte nouveau, une autre femme, j'ai oublié son prénom ; vous ne l'épousez pas car il faut à cette époque beaucoup de temps pour faire aboutir un divorce. Une autre femme, encore, Espagnole celle-ci, Isabel ; elle vit à Vitoria, vous, vous étudiez à Bordeaux. Vous passez les fins de semaine en Euskal Herria, le Pays basque, chez elle. Vous devenez assistant à l'Université de Poitiers : la distance émousse la relation. Vous dites : je n'ai jamais eu d'ami dans ma vie, il n'y a pas eu de place pour un ami ; je n'ai pas non plus connu l'amitié avec une femme : elles ont toutes été des amantes ; j'ai pensé que c'était cela la vie ! J'ai de la peine à vous croire : vous êtes professeur de littérature espagnole ; qu'écrirait-on s'il n'y avait que la rencontre des corps ?

C'est un peu avant votre premier mariage qu'*elle* épouse un de ses camarades d'études ; ils sont médecins tous les deux, lui est Suisse, elle le devient par mariage ; ils travaillent tous les deux pour le Comité international de la Croix-Rouge. Peu avant les noces, vous êtes malade, une très forte fièvre, on vous déconseille le déplacement à Lausanne. Vous me dites que vous avez passé la journée de ce mariage à Bordeaux, pleurant sans discontinuer. Vous vous étonnez qu'un corps puisse contenir une telle densité lacrymale. Avant son départ en Afrique, vous écrivez à *elle* une longue lettre, vous lui dites votre amour, vous avez attendu cet ultime moment. Vous renoncez à cet envoi, vous ne postez pas la lettre, vous la gardez, seul lecteur de votre amour. Au regard de cet amour que valent les amours futurs… Vous en créez un immédiat, vous fuyez en avant dans le mariage. Eva est déjà médecin, vous êtes en deuxième année à l'université, première année après la propédeutique, comme on disait à cette époque. Je n'ai pas étudié en France, mais à

Genève ; j'ignore tout du système universitaire de mon pays natal. Vous vous mariez donc, pour la première fois. La deuxième fois ce sera à Poitiers, six ans plus tard : Muriel est assistante en latin ; pour seller votre vie à deux, vous vous enracinez dans la paternité : deux filles naîtront à un an d'intervalle. Quand vous parlez d'elles, vous dites l'aînée, vous dites la cadette, c'est ainsi que vous donnez à repérer la différence. Elles grandiront au rythme des querelles et des controverses entre vous et leur mère. Vous n'avez pas pris le temps, Muriel et vous, d'ôter l'image que vous prêtez à l'autre. La vie conjugale la déchire sauvagement. Vous êtes deux méconnus et vous reprochez à l'autre de ne pas être celui et celle dont vous avez rêvé. Vous alternez séparations et retrouvailles, parfois pour partir seul, parfois pour vivre quelques temps avec une autre femme. Muriel aussi s'en va. Vous restez à la maison, seul gardien de vos filles ; elles ont alors dix et douze ans. Vous dites que vous les aimez, que c'est un sentiment inattendu, inhabituel, que vous éprouvez là.

Une fois, un mercredi comme les autres, rien pour le distinguer dans ma mémoire, vous me parlez exclusivement d'elles. Je vous sens encore, treize et douze ans après leurs naissances surpris par votre nouveau statut. Vous ne savez guère ce qu'est un père, vous ignorez totalement ce qu'est un père pour une fille. Je me permets de préciser qu'initialement, c'est le lot commun à tout homme, cette carence de savoir. Nous devons puiser rapidement dans notre réserve d'amour. De quel amour ? Comment avez-vous aimé vos filles, Frédéric ? Vous parlez longuement de l'absence de Muriel quand elle les a laissées. Y avait-il encore de la place pour cette femme entre vous et elles ? Déçue par ce qu'elle croyait pouvoir obtenir ailleurs, Muriel revient, vous partez ; vous êtes nommé maître de conférences. Où ? Je ne sais plus, et quelques années plus tard, vous êtes pour un an Austausch à Tübingen. Vous avez divorcé une nouvelle fois, vous voyez vos filles pendant les vacances. C'est ainsi : les cases sont définies, les sentiments encadrés, soumis à un calendrier. Vous dites que vous refusez de vous laisser emporter, c'est votre expression, par un nouvel amour ; vous vivez d'aventures, et c'est aussi votre expression.

Votre amour est lointaine : l'amour de tous les amours : le couple travaille en Asie, en Afrique, en Amérique latine, change, de continent, de pays, passe peu de temps, une fois l'an, en Europe. Vous allez voir votre sœur à Lausanne chez ses beaux-parents quand *elle* et son mari y restent quelques semaines. On vous prive d'*elle,* jamais vous ne parvenez à être seuls, ensemble. Finalement, vous renoncez à l'entrevoir dans ces conditions. Vous dites que lorsque la décision a été prise, de ne pas vous rendre une nouvelle fois à Lausanne, vous auriez pu pleurer comme lors de son mariage ; vous avez été au bord de cet état. Pourquoi ne l'avez-vous pas osé ?

Pourquoi je ne l'ose jamais ?

A quarante ans le couple aménage à Lausanne ; ils ont tous les deux les mêmes difficultés que de nombreux collègues pour se réadapter à la vie helvétique. Vous invitez votre sœur à venir chez vous : elle ne se décide pas. Vous lui proposez de passer une semaine avec elle ; *elle* n'a jamais le temps : son installation, la mort de sa belle-mère, puis sa dépression attribuée au fait que le couple n'a pas d'enfant... Vous persistez à ne pas aller à Lausanne, à ne plus vouloir subir l'intercalaire de votre beau-frère. Il ne vous est pas hostile, vous ne lui êtes pas hostile : vous n'avez rien à vous dire.

Quand vous apprenez par *elle* sa maladie, vous voulez la voir, mais plus encore, vous voulez être seul avec *elle* : c'est l'imposition faite à vous-même. Vous dites que vous n'avez pas saisi la gravité du mal, la rapidité de son évolution ; vous direz cela plus tard, après sa mort quand cette mort viendra vous déchirer.

Et puis, il y eut ce jour où vous n'êtes pas au Café im Hirsch. Vous n'êtes pas venu. Le rythme est cassé et votre absence souligne votre place dans ma vie, certes loin derrière Sylviane, loin derrière Didier[2], mais vous devenez une présence importante. Ou bien êtes-vous important pour moi parce que je semble l'être pour vous ?

---

[2] *Cf.* note p. 14.

Ce mercredi, je ne vois pas le marché, et pourtant je suis seul, je pourrais profiter du soleil printanier qui baigne les étals, flâner comme j'aime, sans avoir d'autres préoccupations que de laisser mon regard recevoir les profusions de couleurs. Non : je suis fermé à ces beautés. Je veux une explication à votre absence. Je suis surpris par mon tracas. Peut-être parce qu'ici je ne suis attaché à personne, loin de celles et ceux qui me sont chers, et, ne connaissant pas ceux qui vont le devenir, je me crispe sur cette question : qu'est-il arrivé à Frédéric ? Après avoir tourné trois ou quatre fois autour du marché, je me décide à aller chez vous ; je crois me souvenir de l'immeuble près duquel nous nous sommes quittés Brunnenstrasse quand nous revenions de Bebenhaussen. Je constate que j'ignore votre nom. Nous nous sommes connus lors d'une conférence en français de Paul Ricœur à la Neue Aula; nous étions assis côte à côte par hasard - mais y a-t-il un hasard ?- nous nous sommes trouvés à la même heure le lendemain au Café im Hirsch, c'était un mercredi, premier d'une longue suite.

Parmi les trois sonnettes, aucune ne mentionne le prénom. Un des noms ne me semble pas allemand. J'appuie sur cette sonnette et m'annonce ; sans qu'aucune voix ne se manifeste à l'interphone, l'ouverture de la porte est déclenchée. Je monte jusqu'au dernier étage car je me rappelle que vous m'avez parlé de la vue sur le Neckar depuis votre appartement au dernier étage ; la porte est entrouverte. J'entends un faible : entrez ! Je ne vois personne ni dans le séjour ni dans la cuisine. Vous êtes dans votre chambre, allongé sur le lit. J'ai quelque peine à écrire ce que j'ai ressenti en voyant ce que pourtant dans la pénombre, mes yeux ont du mal à distinguer : j'aperçois un corps, le vôtre, étendu, reniflant, mouchant. Vous me redites d'entrer. Je suis là sur le seuil, maladroit, debout au pied du lit, j'hésite à aller vers le fauteuil, m'asseoir. Visiblement vous n'êtes pas en mesure de me le proposer. Je m'assieds et reste sans rien dire me contentant d'un : Frédéric, je suis là ! J'entends vos sanglots. Je crois que vous cherchez à les freiner, à les réprimer. Il y a en moi un étrange sentiment, une volonté – elle est mienne – que vous puissiez aller au plus loin de vos larmes. C'est cet espoir qui m'accompagne, là, à la place où je suis, au fond de votre chambre. Je me dis que vous et moi devons respecter *l'avant-mots,* ce temps dont vous seul fixerez la longueur, la fin. Vos sanglots virent au cri, par moment : la plainte touche au plus profond. Dans ce non-silence, je pense à d'autres larmes, les miennes, celles qui ne sont jamais advenues à la mort de ma mère. Sans doute mon père, mon entourage, ont cru bon de dissimuler le tragique de sa mort subite, en tergiversant pendant des semaines avant de me dire : François, tu ne pourras plus revoir ta maman ! Ils avaient voulu me préparer à cette nouvelle irréversible pour éviter les pleurs dont ils ne voulaient pas la présence. Mes larmes stoppées n'ont pas coulé à l'extérieur ; ils étaient soulagés. Sans savoir l'origine de vos sanglots, Frédéric, j'eus l'impression que je m'associais à eux, qu'ils étaient les miens si longtemps tus et maintenant exprimés à travers un autre que moi. Il ne faisait aucun doute que vous pleuriez un être cher et j'ai de suite pensé à votre sœur.

Je me suis décidé à entrer dans la cuisine, boire un verre d'eau, vous en porter un. Vous avez alors actionné les volets électriques, ouvert la fenêtre et êtes resté assis sur le lit. Vous avez résumé la situation. Vous êtes là, prostré depuis quarante-huit heures, sans manger, sans dormir depuis que vous avez appris la mort d'*elle*. Votre beau-frère ne vous avez pas parlé de l'évolution du cancer et *elle* n'avait rien dit non plus : le choc fut aussi brutal que s'il s'était agi d'une mort subite.

Vous perdez celle que vous avez le plus, le mieux, aimé, je le sais. C'est moi qui vous le dis et, curieusement, alors que vous auriez pu retrouver les larmes et vous y enliser, c'est un soupir qui répond à ma phrase. Je deviens plus hardi pour vous dire qu'*elle* aussi vous a aimé plus que tout, plus que tous. C'était ainsi, un amour hors normes pour chacun. La mort ne vous l'enlève pas, il le magnifie ; la vie, elle, tentait de l'abolir. Je n'ai pas osé ajouter que désormais vous alliez pouvoir disposer de votre cœur, comme l'on dit, mais je l'ai pensé. J'ai eu l'impertinence de penser à votre futur à partir de la libération de cet amour. Il y a sans doute un lieu fondamental qui me restera étranger.

Je vous ai invité à manger au bord du Neckar. Les Stocherkähne venaient après le semestre d'hiver d'être remis à l'eau pour le semestre d'été : Tübingen était resplendissante, unique. À votre désarroi s'opposait l'éclosion d'une nature qui sortait de son inertie pour briller de mille éclats.

La semaine suivante, vous n'étiez toujours pas, Frédéric, au Café im Hirsch ; vous avez quitté Tübingen pour vous rendre aux obsèques de votre sœur à Lausanne, et vous êtes rentré en France, l'année universitaire terminée.

Et aujourd'hui, je reçois cette lettre adressée à votre mère qui n'a pu la lire. J'en suis le dépositaire. C'est peut-être mon rôle, la place que souvent on me donne : dépositaire.

II

Frédéric

Vous avez toujours banni les lettres durant votre vie. Vous n'avez jamais voulu écrire. Absence de réplique immédiate, peut-être, impossibilité à interrompre l'autre, à le faire taire, sûrement. Vous avez fait un usage, excessif, exclusif du téléphone, mode d'apparente communication que vous imposez, vous excluant du regard de l'autre. Point de corps, votre voix, seule, le récepteur en main, vous imposez vos monologues, privant l'autre de réponse et parfois même de question.

Je vous écris cette lettre parce que vous pouvez encore la recevoir. Vous êtes là, présente dans cette pièce, pour une fois silencieuse. J'ai le temps. Vous êtes là pour trente-six heures, m'a-t-on dit. Que ferai-je de ce temps ? Je suis seul avec vous. Je ne connais personne à Madrid. *Elle* ne viendra pas. Vous avez eu sa peau. Je vous déteste. Je ne veux rien savoir, rien comprendre, je ne veux que vous dire ma haine. Retour à l'envoyeur. Je vous fais responsable de sa mort.

Vous êtes mortifère.

Je veux pouvoir avant de signer cette lettre, mettre cette phrase au passé.

Je vous fais responsable, responsable de sa mort à *elle*. Vous avez été pour *elle* ce cancer qui l'a menée à cesser de vivre. Mourir à cinquante ans d'un cancer de la gorge ! Vous l'avez étouffée !

J'aurais voulu ne jamais avoir prévu. Que cessent à mes oreilles mes propres mots : elle l'aura ! Vous l'avez eue. Vint la fin de sa résistance : vous fûtes vainqueur. Votre gestion des êtres est parfaite. Vous avez joué votre rôle. Bien. Destin tragique, la mort partout : votre mari, votre fille…Il ne reste que moi. Un impératif : ne pas être votre prochaine victime. Je ne serai pas votre prochaine victime.

Vous ne m'aurez pas.

Je pleure, je pleure plusieurs jours. Je suis en Allemagne, à Tübingen à la fin d'un séjour de deux semestres universitaires, quand *elle* meurt. Je ne peux réagir, je crois sombrer, et puis, il y a ce collègue à qui j'avais parlé d'*elle* et de vous. Il vient. Sa respiration seul témoin de sa présence m'est une renaissance. Je l'entends ne rien dire. Seul son souffle, son silence. Je l'écoute vivre, je vis aussi. Je sens enfin en moi le souffle de ma vie. J'avais pleuré comme on régurgite, en croyant qu'il n'y aurait pas de fin. Seule la mort. Mais il y eut la vie : cette lente respiration peu à peu et puis cette conviction, ce cri : elle ne m'aura pas, moi ! Sans haine. Étrange. Je cherchais à retrouver cette haine, ce sentiment qui m'aidait contre vous. Disparu, emporté dans le torrent de larmes. J'étais indifférent. Je me sentais indifférent à vous, je ne vous redoutais plus. Cette fois mes luttes à votre endroit ne seraient plus vaines, vous ne me rattraperiez pas. Mais avec vous, il n'y a pas de compromis, d'arrangement. Le moindre pas vers vous et on est happé. Je n'aurais pas voulu cette solution que j'ai mise tant d'années à prendre. Vous m'y avez contraint. Il fallait ne plus vous voir, ne plus vous entendre à votre téléphone. Vous avez tout essayé pour m'attirer dans votre logique : la maladie, votre grande alliée de toujours. Vous êtes allée jusqu'à l'angine de poitrine que vous avez transformé en grave infarctus, disiez-vous. Moi, je téléphonais à votre médecin, pas à vous. Vous avez continué à refuser d'écrire. C'est votre employée de maison qui transmettait ce que vous vouliez qu'elle dise. Jamais je ne saurai d'où s'origine votre phobie pour l'écriture. Moi, je suis resté ferme : pas de téléphone, pas de visite. Il me fallait tenir pour moi, mais c'était encore entrer dans votre jeu : vous étiez celle qui avait vu mourir son mari, sa fille et qui pire que tout -ce sont là vos termes transmis par votre bonne- était rejetée par celui qui restait (sic). Vous n'étiez plus l'ordonnatrice ; vous deviez vous accommoder du vouloir de l'autre. Je ne décidais pas pour vous, je décidais pour moi. Sans doute cela vous a complètement échappé. Dans votre schéma, tout acte est pour vous ou contre vous. Vous ne pouviez accepter l'autonomie de quiconque : despote absolu. La seule façon d'obtenir votre mort était d'y renoncer, de ne plus l'espérer. Indifférent.

Vous êtes morte pendant mes larmes ; en pleurant la mort de ma sœur, j'arrachais cette laisse, ce collier étrangleur que vous m'aviez posé : je respirais enfin.

Ultimes paroles, ultime adresse pour m'assurer de votre départ. Vous ne serez pas après votre mort encore plus vivante. Je profite de cette dernière rencontre pour vous dire ce qu'il me reste à vous dire. J'écris. Vous êtes là à trois mètres, face à moi, dans ce salon ridiculement clinquant. Je ne manque pas de vous regarder après chaque phrase. Je ne suis pas ici pour conclure : c'est déjà fait. Je suis là pour ne pas vous nier dans ma conclusion avec vous. Je suis sorti de votre territoire, vous êtes sortie du mien, mais je ne pourrai jamais éliminer l'importance que vous avez eue pour moi. Je dois, il faut, maintenant, que je vous dise une chose, même si vous n'y comprenez rien, bien sûr, mais je dois vous dire avant votre départ ma dette envers vous.

Vous m'avez mortifié, vous avez brisé en moi les élans, vous avez élagué mes velléités de vie, mais j'ai appris beaucoup de vous. Vous avez tenté de m'étouffer, mais vous m'avez laissé aller chercher de l'air en des lieux plus amples. Parce qu'il fallait vous fuir pour survivre, vous m'avez donné le goût de l'ailleurs, le goût de la recherche de l'amour.

Vous n'avez pas tué mon désir, vous l'avez vivifié.

Vous m'excuserez : je vous ai quitté un quart d'heure, le temps de descendre acheter un paquet de cigarettes, d'en fumer une. Curieux, depuis la mort de votre fille, ma sœur, je n'achète jamais de cigarettes, en fume rarement quand on m'en offre, n'aime guère l'odeur produite. Mais là, ici même, dans ce salon fermé, sombre, j'ai tout à coup senti le besoin d'une autre aspiration. Une pause dans la fatigue des adieux. Je regardais cette fumée, peu à peu produire un écran entre vous et moi, s'étirer devant le lustre de cristal, s'enrouler autour du vase Gallé, vous atteindre et puis s'estomper. Où s'est-elle déposée ?

Je reprends mon message à votre adresse, me souvenant de vos interdits en matière de tabac. Apparemment cela ne m'a pas privé puisque je ne fumais même pas à l'extérieur. J'avais quinze ans environ quand, montant d'un cran dans le despotisme, vous décrétez qu'on ne fume pas dans l'appartement. Vous avez la malhonnêteté de prétexter mes bronchites qui depuis deux ans sont inexistantes. C'est lui, votre mari, que vous visez. Vous n'étiez pas dupe de provoquer une crise. Vous aviez confiance en votre pouvoir : vous aviez raison. Il y eut une révolte qui fut étouffée dans l'œuf ; il se soumit : lamentable ! Ça n'était pas mon affaire, mais ça l'était tout de même, cet homme inapte à vous arrêter dans votre angoisse. Bien sûr, il tournait en rond, devenait irritable, vous offrait mille possibilités pour provoquer vos reproches. Je restais au lycée le plus longtemps possible, ou je travaillais dans ma chambre. Mais vous n'avez jamais supporté d'être seule avec lui : vous trouviez, sans la moindre gène, mille prétextes pour me déranger. L'activité d'autrui est négligeable ! Je choisis la bibliothèque municipale ; lui, il tarde au bureau. Nous vous évitons. Vous êtes reine, mais seule ; c'est toujours le même schéma : le pouvoir absolu isole. Vous geignez. Le dimanche, dans votre maison du Bassin d'Arcachon, au Landau, il rend visite aux ostréiculteurs ou bien s'attarde cigarette, cigare ou pipe aux lèvres dans la propriété ; moi, je reste à Bordeaux : les études, c'est le seul alibi possible, le seul argument qu'apparemment vous respectez. Je reste à Bordeaux et travaille ; l'idée de profiter de cette liberté causée par votre absence ne me vient même pas à l'esprit. Je reste enfermé. Je suis renfermé. Je lis tout ce que je peux obtenir en espagnol : j'apprends scrupuleusement l'histoire de l'Espagne, les religions, Cordoue, Maïmonide, le Cante jondo, l'Andalousie… Pourquoi, aujourd'hui vous écris-je cela, uniquement pour que vous sachiez, que vous sachiez quoi ? Que je n'étais pas celui que vous imaginiez. Vous avez sans cesse imaginé un Frédéric qui vous convenait, vous dispensant de connaître celui qui essayait de vivre là, sous votre toit. Vous espériez un autre mari, d'autres enfants, et nous, nous espérions que vous soyez autre. Tant que cette espérance a perduré, nous avons entretenu l'illusion. C'est sans doute le lot de tout enfant mal aimé : vouloir qu'à un moment, un instant seulement, ce père, cette mère, pourtant haï, puisse être aimable. Je suis enfin dispensé de ce leurre.

Le vent, un vent soudain, un vent violent a brusquement chassé les nuages. Je vous ai quitté deux heures. Il suffit de sortir de l'immeuble, à droite, et la rue butant sur le parc del Retiro, je suis cinq minutes après au bord du petit lac. Des enfants jouent, s'interpellent ; pour eux aussi ce sont les vacances. À propos, je vous remercie pour votre délicatesse : prendre congé justement en période de congé. Vous m'avez évité d'avoir à parler de vous, à justifier un départ en pleine année universitaire, mais sans doute ignorez-vous tout des périodes de vacances. Cette différence entre le plein d'activité et le relâchement vous a toujours été étrangère, pas de relâchement pour vous. Vous êtes restée votre vie durant sur le qui-vive, sans pause. Les vacances, un changement de lieu tout au plus. À contrario de vous, là encore, j'aime les temps indéfinis. Le temps qui passe sans qu'on cherche à le retenir. Pause brève, moyenne ou longue : c'est le poumon de la vie. Vous, vous avez vécu bouche et narines clauses.

Dès que j'ai compris que le soleil avait gagné sur les nuages, j'ai rapidement jeté un chandail sur les épaules et je vous ai quitté, petite fugue hors de la calle de Montalbán, hors de cet immeuble cossu dont je n'aime que la cage d'escalier Art Nouveau. Je ne peux m'empêcher pendant que j'attends au rez-de-chaussée le lent et majestueux ascenseur, de provoquer le chat de marbre qui initie la rampe ; de marbre il est, de marbre il reste, insensible à mes attaques, regard fixé sur on ne sait quelle proie. Je n'aime de cet immeuble que cette entrée. Chez vous, je me suis senti immédiatement mal à l'aise ; certes, il en fut toujours ainsi en tous lieux marqués par votre présence, mais ici mon déplaisir outrepasse mon ressentiment à votre égard. A l'exception des trois pièces de réception sur la rue, toutes ces chambres inutiles, donnant sur des courettes-cheminées, sont étouffantes. Vous êtes dans le grand salon du milieu et je vous écris depuis le bureau voisin ; les doubles portes sont ouvertes comme, je suppose, pour les grandes soirées que vous n'avez jamais données.

Vous êtes tout de même une femme surprenante. Il y a cinq ans une de vos cousines meurt : vous êtes sa seule héritière. Vous décidez très vite de quitter

Bordeaux et de venir vous installer ici au pays de vos ancêtres. Ancêtres : c'est ainsi que vous parlez des générations précédentes pourtant toutes basques. Seule cette cousine vivait depuis son mariage à Madrid. Vous déménagez meubles et bibelots de Bordeaux à Madrid. Vous remodelez l'atmosphère de votre appartement de la rue Sainte Catherine. Tout est prêt pour le photographe d'une revue de décoration un peu désuète. Il y manque le principal : la chair. Vos appartements ne furent jamais des logis, jamais ils n'ont été habités. Un fait en témoigne, aucune plante n'a jamais réussi à vivre entre vos mains, et mes conseils en soins floraux n'ont pu changer la situation. Tout meurt autour de vous ; tout mourrait, veux-je dire, car il est une fin à tous maux et je suis ici pour la constater : les plantes comme les êtres vont enfin se développer hors de votre empreinte maléfique.

Alors que j'étais assis il y a une heure au Retiro, une mère est arrivée avec son enfant, un garçonnet de dix-huit mois ; elle l'a installé près du bac à sable avec saut, pelle, tous les éléments qui auraient dû guider son jeu, mais lui ne s'y est pas intéressé : il cherchait la présence des autres, allant vers l'un, allant vers l'une ; finalement ce fut mon tour. Il était très attiré par les lacets de mes souliers et ne manquait pas de m'interroger sur la possibilité de les défaire avec des gestes et un regard plein d'éloquence. Je le regardais engager les situations, allant toujours à la recherche d'un lien avec autrui.

C'est à vous que je devrais demander si j'ai agi comme ce garçonnet... Mais avez-vous pris soin de porter votre regard sur vos enfants : vous leur avez offert votre peur comme seul cadeau ; vous n'aviez d'attention que sous forme anxieuse.

Mais nous sommes à trente heures de notre ultime et vraie séparation. C'est le temps qu'il me reste pour comprendre, pour accepter aussi et pour que cesse ma rancœur. Vous avez été la mère que je ne souhaiterais à quiconque. Soit. Je veux enterrer ma haine de vous avec votre cadavre. Il me faudra dans quelques heures conclure. Puis-je espérer vous faire entrer dans mes souvenirs dépouillée de votre attribut : le mal. Vous n'avez jamais rien fait pour vous départir d'un destin irrémédiable. Il en est parfois ainsi pour certains qui ne comprennent pas que rien n'est in-transformable. Que vaudrait de vivre si nous n'avions pas mission d'améliorer notre devenir, de ne pas nous laisser enserrer dans notre histoire, mais d'en repousser les limites. Cette pratique, cette espérance que vous n'avez pu faire votre, vous ne l'avez pas étouffée chez vos enfants... Là, nous vous avons échappé ! Je pourrais dire aussi que vous avez accepté qu'on vous échappe, qu'on n'adhère pas au fatal. *Elle,* pourtant, votre fille, ma sœur, n'a pas pris vraiment son envol ; *elle* est vite retombée dans votre plan tragique. Moi, pour vous fuir, je me suis inventé une vie active, agitée. Je croyais aimer en pataugeant dans les eaux de l'amour. J'ai tout mélangé : amour, sexe, tendresse, vie à deux. Je voulais trop, je voulais tout. Je ne prenais pas ce temps indispensable pour comprendre. Je repartais sans halte sur le même chemin pratiquer les mêmes erreurs.

Il m'a fallu passer une frontière, vivre une année dans un pays totalement étranger pour être obligé à une pause. J'aurais pu pourtant me précipiter comme j'en avais l'habitude sur la première femme ; elle eut été Allemande alors. Je n'avais rien contre puisque les changements pouvaient contribuer à entretenir l'illusion, les illusions.

Vous êtes morte Thérèse Berthaud. Ils vous ont laissé sur ce divan. Le cercueil sera livré demain : ils viendront le fermer. Je serai seul avec votre voisine et votre bonne pour accompagner votre dépouille au cimetière.

Après, avant de rentrer chez moi, en France, je passerai remettre les clefs à l'agence que j'ai contactée ce matin. Cet appartement sera vendu, vos meubles aussi. Surtout, par pitié que l'on ne me parle pas d'objets souvenirs ; j'ai bien assez de ceux que ma pensée ne parvient pas à éloigner car je ne peux ni oublier ni modifier le passé, mais ce que je peux, ce que je dois, ce que je m'impose, c'est que ce passé ne charge pas mon futur.

Je n'ai plus *elle* à aimer, je n'ai plus vous à redouter. Vos petites filles n'ont plus de grand-mère, elles auront désormais un père.

III

Nina

Cher Monsieur,

Je m'appelle Nina Berthaud. Je suis la fille de Frédéric que vous avez connu il y a dix ans quand il avait séjourné à Tübingen. Il m'a parlé de vos promenades au bord du Neckar après des Frühstücke particulièrement savoureux au Café Im Hirsch.

En arrivant à Tübingen pour y étudier une année, je suis de suite allée voir si ce café existait encore !

En votre absence, je glisse ce mot sous votre porte pour que vous sachiez que mercredi à 9 heures vous pourrez y retrouver mon père qui a le projet de passer une semaine ici. Vous aurez, mais je préfère écrire, il aura, bien des choses à dire.

La chouette de Minerve ne prend son envol qu'au début du crépuscule.

Georg Wilhelm Friedrich Hegel

www.hubertauquelitterature

Romans et nouvelles d'Europe

aux éditions L'Harmattan

Dernières parutions

À TRAVERS UNE MEURTRIÈRE
Roman psychanalytique
Anne Durand
Écouter ces trois femmes qui ont tué, essayer de mettre en récit « ce qui s'est passé » cela veut dire... être porté soi-même jusqu'à ce point, ce lieu, cette « meurtrière » ce risque autour duquel chacun de nous se façonne. La rencontre de l'autre en sa folie, un étrange détour aussi au fond de soi.
(Coll. Rue des écoles, 14 euros, 111 p., mai 2015)
EAN : 9782343062327 EAN PDF : 9782336381695

AUTOMNE À BERLIN
Roman
François Benaltini
Berlin 1961. Une ville, un peuple, deux États ; Alexander a 4 ans lorsque sa mère décide de passer avec lui en Allemagne de l'Ouest. Quelques jours plus tard, dans la nuit du 12 au 13 août, un mur de barbelés s'abat sur Berlin ; des millions d'Est-Allemands se retrouvent soudain pris au piège. Parmi eux, le père d'Alexander...
(Coll. Amarante, 19 euros, 204 p., mai 2015)
EAN : 9782343058566 EAN PDF : 9782336381060

UN BOUQUET DE BRUYÈRE
Roman
Alain Parodi
Un soir d'été dans les Cévennes ardéchoises, sauvages et tranquilles, deux randonneurs ne finiront pas leur nuit sur la plage d'une rivière sous le vieux Pont de la Brousse. Le meurtre et le viol l'abrègeront trop vite. Mais il y a un témoin. Qui ne parlera pas, mais avouera à un confident les raisons intimes de son silence. Ce sera son tour de porter le secret, d'en subir les tourments, pris dans les nasses de son indécision. Un roman sur le silence, la justice où se croisent les vérités humaines de personnages simples à la part d'humanité complexe.
(20,5 euros, 210 p., mai 2015)
EAN : 9782343048796 EAN PDF : 9782336376233

CE TEMPS DES CERISES
Roman
Yvan Lissorgues
L'histoire d'une humble famille ouvrière, avec ses bonheurs et ses heurts, captée dans le regard de Paul, vieux et actif militant communiste, en proie au désenchantement, à la suite des événements de Mai 68. Après avoir suivi le dogme efficace, mais dangereux «du Parti qui a toujours raison», Paul se sent grandi de voir qu'il est capable de penser par lui-même, mais s'en trouve désemparé, avec

dans le cœur «une plaie ouverte», comme dit la chanson populaire «le temps des cerises» chantée ou fredonnée en divers moments du récit.
(Coll. Écritures, 27 euros, 328 p., mai 2015)
EAN : 9782343054513 EAN PDF : 9782336381640

CHOPIN, LES CIVILS ET MOI
Roman
Marie-Véronique Gauthier
Ce livre fait suite à *Chopin, la Guerre et moi*, et poursuit les amours de cette jeune collégienne tout juste sortie de la Légion d'Honneur, éperdument éprise de Chopin, qu'elle appelle Frédéric, et de son œuvre. 1968, lycée des Vertugadins. Isabelle ne se moque pas d'elle, quand elle fait la révérence lors d'une interro orale. Isabelle est la seule à comprendre que, saoule de joie, son amie pleure en écoutant les deux Concertos de son Amour, ou se chagrine de ne pas savoir jouer correctement l'»Étude révolutionnaire» de Frédéric.
(Coll. Rue des écoles, 12,5 euros, 112 p., mai 2015)
EAN : 9782343063126 EAN PDF : 9782336381701

LA CLEF DES PORTES CLOSES
Roman
François Winling
Ce cinquième roman, sensible et émouvant, de François Winling est dédié au lieutenant Marcel Thomas, tué dans la nuit du 27 au 28 août 1914. Son corps, comme des milliers d'autres, n'a jamais été retrouvé. Les deux héros de ce livre, André Dermon et Jacques Déchamp, auraient pu être ses camarades. Ce récit de la recherche par une jeune femme des circonstances de la mort de son grand-père tué au combat est intemporel : de tout temps les guerres détruisent les corps comme les âmes et bouleversent les familles.
(Coll. Écritures, 19,5 euros, 216 p., mai 2015)
EAN : 9782343063935 EAN PDF : 9782336381893

DÉLECTATION MOROSE
Roman
Anne Journel
En déménageant dans le Perche, Rachel pensait être à l'abri. C'était sans compter sur le hasard. Au cours d'un dîner, elle se retrouve soudain face à Alexandre, un ami qu'elle n'avait pas revu depuis son départ. Paniquée, elle fuit. Mais pourquoi veut-elle échapper à son passé ? Que s'est-il passé il y a trente ans ? Comment peut-on se cacher aussi longtemps ?
(22 euros, 265 p., mai 2015)
EAN : 9782343061399 EAN PDF : 9782336379968

DES JOURS ET DES NUITS
Récit
Marie Gardien-Rougier
«Ma mère est morte le 7 septembre...» Une femme parle à la première personne. Autofiction autour de la perte, un père taiseux né en 1900, une mère épicière débordée...Un labyrinthe de vingt-trois textes courts et un prologue, dans la même tonalité pour une voix nue. Le temps n'a pas de prise et il n'y a pas de hiérarchie pour la mémoire. Elle parle de la langue qu'elle a choisie, elle dit le

prévisible et l'inattendu. La vie ordinaire et têtue. Tout est là au présent, autour d'elle, à fleur de sensibilité.
(Coll. Écrits 21, 13 euros, 118 p., mai 2015)
EAN : 9782343063089 EAN PDF : 9782336381855

DU SANG DANS LE MAQUIS
Une tragédie corse
Gérard Estragon
Deux familles mafieuses sévissant en Corse décident d'arrêter de s'entretuer et de conclure une paix des braves. Il est préférable de gérer à l'amiable les affaires immobilières et autres juteux trafics protégés par des politiques corrompus que de se livrer à une stérile guérilla. Le plan de paix échoue. Un règlement de comptes impitoyable va opposer de jeunes hommes ivres de vengeance décidés à défendre leurs «familles» respectives.
(20,5 euros, 232 p., mai 2015)
EAN : 9782343062082 EAN PDF : 9782336380643

EN APPARENCES
Nouvelles
Hervé Cellier
Qu'ont en commun un chat vengeur, des visages aperçus dans le métro que l'on croit reconnaître, une photo qui ravive la guerre d'Algérie ou encore un problème de CM2 ? Rien en apparence. Dix nouvelles déclinent d'aveuglantes apparences. Celles qui mettent à nu nos faiblesses et font sourire parfois.
(12 euros, 104 p., mai 2015)
EAN : 9782343057774 EAN PDF : 9782336372013

ENTRE
Roman
Anne Vaillant
Mathilde, Isabeau, Claire, Mariette, Laurence et France, autant de vies qui se croisent sans se toucher, qui se mesurent sans se rencontrer, leurs priorités étant trop différentes, voir même opposées. Chaque destin est lié de près ou de loin à l'histoire d'une famille ancestrale dont les racines transmises par la terre sont portées par Jocelyn, le maître des lieux. Il les enferme dans le silence pour ne pas qu'elles soient rompues. Mais survivront-elles à sa mort ?
(12 euros, 100 p., mai 2015)
EAN : 9782343060811 EAN PDF : 9782336381022

L'HOMME QUI VOULAIT ENFANTER
Raoul Garnier
Préface d'Emmanuel Gratton
R.G., homosexuel septuagénaire, est tenaillé jusqu'à l'obsession, voire jusqu'au délire, par le désir d'enfanter. Lui qui a aidé ses étudiants à accoucher d'eux-mêmes, qui a mis au monde des livres, reste sans descendant à un âge où l'on est grand-père. Il sollicite son ami Killian – lui-même père – pour l'accomplissement de son vœu. Après moult résistances, Killian l'exauce : il donne sa semence. R.G. tombe enceint… mais de quoi ? De qui ? Comment ? Ce roman met en scène une situation subversive et transgressive de l'ordre naturel et social.
(Coll. Vivre et l'Ecrire, 17,5 euros, 182 p., mai 2015)
EAN : 9782343060675 EAN PDF : 9782336379197

LETTRE À L'ABSENT
Laurence Leguay
À travers ces pages, Laurence Leguay nous invite à un voyage dans le temps et sur les lieux de la mémoire, redonnant une place à l'absent parti rejoindre le 25e régiment d'infanterie, avec tous ceux de Saint Vaast-La Hougue et ne jamais revenir du charnier de ce qu'on appelle la Grande Guerre, celle de 1914-1918.
(Coll. Encres de vie, 11,5 euros, 72 p., mai 2015)
EAN : 9782336308388 EAN PDF : 9782336381718

UNE LIGNÉE DE VERRIERS AU XIXe SIÈCLE
Itinéraires de petits-bourgeois
Christiane Dufourcq-Chappaz
Duché de Savoie : un village de verriers, où le regard ne dépasse guère le château et l'église, entre dans le tourbillon d'un XVIIIe siècle finissant. La tourmente révolutionnaire de 1789 provoque de profonds changements dans la vie de François et entraîne le départ de l'un de ses fils pour Bordeaux. Le jeune Philibert s'efforce de mener à bien ses projets de verrerie dans cette ville où règne la dure loi du commerce et où la position sociale acquise reste fragile.
(Coll. Romans historiques, 27 euros, 323 p., mai 2015)
EAN : 9782343057262 EAN PDF : 9782336380056

LE MÉTAL DU DIABLE
Bernard Moulenes
Bernard Moulènes remet en scène Jean Massenaud (le personnage de son roman *Carnaval à Mindelo*, 2012) débutant dans la carrière. Il nous entraîne dans une enquête haletante au Niger, en Turquie, puis en Nouvelle-Calédonie. Sa mission est de faire respecter le droit international dans la recherche et l'exploitation des ressources minières. Réfléchi et prompt à l'action, l'agent Massenaud ne devrait pas décevoir, mais serait-il sensible à l'odeur de parfum légèrement musqué que laisse derrière elle une jeune femme au charme énigmatique.
(Coll. Rue des écoles, 17 euros, 168 p., mai 2015)
EAN : 9782343062938 EAN PDF : 9782336382005

L'OR DE LA MISÈRE
Roman
Sylvie Bourgouin
Olga descendit rapidement les marches de la station de métro Mirabeau, admira la perspective et les lignes de fuite qui l'été, quand la ville se vidait, donnaient à Paris le modelé d'une ville américaine, puis elle s'engouffra dans le tunnel d'une nouvelle vie, appliqua la face violette de son pass Navigo sur la borne et força le passage, elle poussa de ses mains l'ouverture du portillon automatique...
(Coll. Écritures, 22,5 euros, 280 p., mai 2015)
EAN : 9782343054667 EAN PDF : 9782336376325

L'HARMATTAN ITALIA
Via Degli Artisti 15; 10124 Torino
harmattan.italia@gmail.com

L'HARMATTAN HONGRIE
Könyvesbolt ; Kossuth L. u. 14-16
1053 Budapest

L'HARMATTAN KINSHASA
185, avenue Nyangwe
Commune de Lingwala
Kinshasa, R.D. Congo
(00243) 998697603 ou (00243) 999229662

L'HARMATTAN CONGO
67, av. E. P. Lumumba
Bât. – Congo Pharmacie (Bib. Nat.)
BP2874 Brazzaville
harmattan.congo@yahoo.fr

L'HARMATTAN GUINÉE
Almamya Rue KA 028, en face
du restaurant Le Cèdre
OKB agency BP 3470 Conakry
(00224) 657 20 85 08 / 664 28 91 96
harmattanguinee@yahoo.fr

L'HARMATTAN MALI
Rue 73, Porte 536, Niamakoro,
Cité Unicef, Bamako
Tél. 00 (223) 20205724 / +(223) 76378082
poudiougopaul@yahoo.fr
pp.harmattan@gmail.com

L'HARMATTAN CAMEROUN
BP 11486
Face à la SNI, immeuble Don Bosco
Yaoundé
(00237) 99 76 61 66
harmattancam@yahoo.fr

L'HARMATTAN CÔTE D'IVOIRE
Résidence Karl / cité des arts
Abidjan-Cocody 03 BP 1588 Abidjan 03
(00225) 05 77 87 31
etien_nda@yahoo.fr

L'HARMATTAN BURKINA
Penou Achille Some
Ouagadougou
(+226) 70 26 88 27

L'HARMATTAN SÉNÉGAL
10 VDN en face Mermoz, après le pont de Fann
BP 45034 Dakar Fann
33 825 98 58 / 33 860 9858
senharmattan@gmail.com / senlibraire@gmail.com
www.harmattansenegal.com

L'HARMATTAN BÉNIN
ISOR-BENIN
01 BP 359 COTONOU-RP
Quartier Gbèdjromèdé,
Rue Agbélenco, Lot 1247 I
Tél : 00 229 21 32 53 79
christian_dablaka123@yahoo.fr

656243 - Mai 2016
Achevé d'imprimer par

1livre.com
du rêve à la réalité !